句集

青嶺

金子富子

文學の森

序

金子富子さんから句集出版のために選句せよ、という依頼を受けて驚いた。句作の始まりは昭和三十五年頃というのだ。そうすると句歴は五十五年、それで初めての句集だという。

序文を書くように言われたものの、富子さんにお目にかかったのは二度しかない。一度目は平成二十二年の五月、東京句会の折だった。堀江野茉莉さんの紹介で句会に参加され、「谺」へも入会されたのであった。聞いたところでは野茉莉さんの「嵯峨野」時代の知り合いという。そして二度目は句集出版の話が決まった昨年春のことである。年齢を聞いて知ってはいたが、そのきびきびした言動と活力には驚かされたのであった。

　結局のところ、私と富子さんとの縁は「嵯峨野」ということになるのだろう。私は昭和五十二年にあちこちの雑誌に投句を始め、その中に「嵯峨野」も含まれていたのである。一年足らずのうちに同人に推され、主宰が高桑義生から村山古郷、村沢夏風と変るにつれて退くタイミングを失っていたのであった。

　富子さんはその「嵯峨野」では先輩にあたる。といっても、私が句会に参加したのは数度、年度大会も何度か出席したが、さてその時に富子さんがおられたのかどうかまったく記憶がない。もともと「嵯峨野」での知り合いは多くはなかったのである。「汧」を出すようになって、ますます時間が取れなくなり、句会からも足が遠のいて行ったのであった。

だが、その「谺」創刊以後、少なかったはずの「嵯峨野」時代の知り合いが多数駆け付けてくれて、現在の「谺」を支えてくれていることも事実で、富子さんも投句はされておられないが、その一人であることに間違いはない。

問題は富子さんの俳句とは初対面であるということ。そして俳歴も人となりも、趣味嗜好も知らないことだろう。もちろん、俳句はそこに書きとめられた十七音だけで読み取ればいいのだが、境涯を知って初めてわかる俳句が中にはある。今回はそういう俳句を読み解くことは難しいかも知れないが、ここでは、あくまでも俳句に即した金子富子像を観察することとしたい。

「牡丹」の章は俳句入門から八年間の句を収める。

牡丹や散華のあとを寂と立つ

高原の桔梗の藍は露がおく

ゆれるともなしにこぼるる花八つ手
金魚玉見上げ日曜暮れにけり
闇汁のこんにやく下駄に仕立てたる

一句目は牡丹が散った後のしずけさを言ったもの。寂しさとともに肩の力を抜いたような安堵感が作者の姿と重なってくる。

二句目、その藍色は桔梗が先なのか露が先なのか、だ。卵と鶏のような関係だが、露を置いた高原の広さがありありと目の前に現れるのである。

三句目は何の力も働かないのに花がこぼれたのだという。もっとも、力が働かないということはない。いつも地球には重力が作用している。引き留める力がなくなれば落ちてゆくだけのことだ。それが自然の摂理。

四句目、まさか一日中眺めていたわけではない。たまたまその時分に目が行っただけなのだ。楽しいはずの日曜日、さて、楽しかったかどうか。

五句目、闇汁は一度経験したことがあるが、食べられないものは入れないことは大前提、その上でいろいろと工夫を凝らした具材を持ち寄ったものだった。こんにゃくはもっとも扱いやすい素材だろう。

初期のころから、富子さんの家庭が登場する句は多くはない。旅吟あるいは戸外での嘱目を心掛けたのだろう。そういう意味では「金魚玉」の句は異色といえるだろうか。

「蜜柑」の章から、

暦売り耳かきなどもならべ売る
秋出水流るる牛の無表情
最上川船唄ひびく青嶺かな

白糸の滝の不動を遠拝み
蜜柑むきて一人の旅の始まりぬ

一句目、特定のものの売り場で特異なものを売っている場面は、素材としては結構ありそうだ。しかし、暦と耳かきとは。細かなものをよく見ているということか。

二句目、この牛には生気が感じられない。というよりは、牛自身が生死を超越しているということなのかも知れない。人間が生きることに必死でもがいていることを考えれば、この牛の存在はいかにも崇高に見えるのである。人間もこうありたい、と思うがさて……。

三句目は最上川舟下りだろう。舟に揺られながら、ふと目が遠くへ。その青嶺がたまらなくまぶしい。

四句目、白糸の滝をほどほどの間合を置いて見ている。その神々しさに思わず手を合わせたのだ。

五句目、むかし列車に乗って遠出するときは必ず冷凍蜜柑が側にあった。富子さんは一人でもそれを実行されるのだろう。いまでも一人旅が好きだという富子さんの、これが自画像なのかも知れない。前の章から引き続き旅吟が多いが、その対象の把握の仕方にはどこか冷めた目を感じるのである。男っぽい、と言ったら富子さんは怒るだろうか。だが、出水の中を流されてゆく牛を見る目の感情の抑え方は、まさにそれを思わせるのである。これが俳人の目なのだろう。

「凌霄花」の章から、

凌霄花ばかりの寺の日暮かな

衣被昔語りを聞きながら

麩まんぢゆう心づくしの紅葉敷く

折れ口の白さ際だち牛蒡掘る

年の瀬の人波にただゆられゐる

　これら諸句は前の章の明らかな旅吟とは打って変わって、どこか作者の姿が見えるような句が並んでいる。冷めた感覚から、作者が手で触って対象を観察している、とでもいえばいいのだろうか。

　一句目は、旅吟というよりは何度も出かけていて、寺のすみずみまで知り尽くしているような印象を受ける。凌霄花を見に出かけた、と取る方が自然なのだ。

　二句目、三句目には作者以外に複数の人の姿が見える。それらの人の温もりだろうか、句に一種のあたたか味を感じるのである。このような景を切り取った句は集中多くはない。

　四句目は生活詠。五句目も、年末の買い物にでも出かけた際の身辺を詠んだものだ。前章の五句と比べれば明らかに素材、視点、句の温度に違いがあることが分かるだろう。

「朝霧」からは、

苗売りの早口なりしよく売るる
新樹光はじき大鯉泳ぎゐる
大夕立神田川より大川へ
嗄れし声なほ張り上げて御輿もむ
朝霧や僧の現はれては消ゆる

一句目、「早口なりし」がよく売れる原因になりそうもないところがいいのだろう。風貌かも知れない、声質かもしれない。でも売れていることには間違いないのだ。

二句目、素材としては新しくはないだろう。だが、光あふれる初夏の水辺がいかにも清々しい。

三句目はいかにも東京人らしい把握だ。旅吟では「神田川より大川へ」のフレーズは怖くて使えないだろう。

四句目も舞台は東京だろうか。どこか下町の熱気を思わせる句である。

　五句目は、俳句にしては時間が長すぎるかも知れない。だが、それを感じさせることはない。僧が現れて消える、一面の霧の中で、僧と作者との距離が問題になるのだろう。決してすれ違ったのではない。近づこうとして別の道に曲がって行ってしまったとも考えられる。一瞬の間に夢の如くに消えてしまったのだ。

　この章に至っては、前章における身辺詠とそれ以前の冷めた目との両方を感じることができる。どちらがどうだ、ということではない。どちらも富子さんなのだ。両方の要素を含んできているということは、それだけ幅広くものを見ることができているということ。富子さんの現在のありのままの姿がそこに現れているともいえよう。

　句集名についてお伺いしたところ、特に考えていない、ということだったので、あえて若々しい『青嶺』を提案させていただいた。
一人旅が好きで、いまだに思い立ったところにすぐに出かけてしまうのだという。その行動力は今の若者にも決してひけは取らないであろう。卒寿の青春を謳歌されている富子さんに、高らかに祝福の盃を掲げるものである。

平成二十八年　立春

山本一歩

句集　青嶺◇目次

装丁　三宅政吉

句集　青嶺

あおね

牡丹

昭和四十一年～四十八年

昭和四十一年

野のほとけ馬酔木の垣に埋もれゆく

昭和四十二年

くちなしの匂ふや土塀つづく古都

焼栗をバスに持ち込む京の秋

鳶舞うて時代祭のゆるやかに

昭和四十四年

ひとときの晴間に鳥のさへづりぬ

山風の吹きぬける宿葛の花

霧流れ牧場に少女一人座す

銀杏の葉ふきたまりたる大手門

昭和四十五年

月見草海の果てまで知多岬

菊匂ふ花屋の前に待ち合はせ

三島氏の顔も飾れる羽子の市

昭和四十六年

元旦や森閑として大通り

勢ひ獅子はなやかに舞ふ初芝居

初雪や芝居のほてりまださめず

豆撒の声雪空に遠ひびく

曇天を映して鴨の動かざる

白樺の林うぐひすこだませり

梅雨晴間我に蹤き来る宿の犬

国道も此処で終れり避暑の宿

車さへ通へぬ萩の古湯かな

葛の花つぼみの固くかくれをり

遊行寺と名もうるはしき蔦紅葉

菊日和大往生とにぎやかに

みかん山色づき伊豆の海平ら

昭和四十七年

山鳥の音なく移る木の芽かな

遠目よりそれとわかりし紫荊

東京タワー芝浦沖も鳥曇

ほの白く梅明りせる園広し

枝下ろしされし銀杏の新芽かな

葱の花不況とやらに立ちこぞり

蒲公英の絮をけちらす眉若し

白蝶の酔ひたる如く花菖蒲

牡丹や散華のあとを寂と立つ

杜若師のしづかなるたたずまひ

ふるさとの新茶褒む母にこやかに
姉さまに冠りて母は草取りぬ

せめて派手な傘を選びて梅雨の入

大屋根の雀にみいる端居かな

待人の来たらず蟻が膝をはふ

木場堀に風鈴の音滾りたる

みんみんの中に時折り法師蟬

妙高の雲を映してゐもり池

静かさやとうすみとんぼ映す池

片脚の冷えて目覚めぬ避暑の宿

峰のぼるバスのふれゆく花木槿

何となく母はしやぎをり墓参り

越後路の太き並木や夕かなかな

大声の和尚留守なり墓参り

コーヒーの香りゆたかに夜長なる

秋雨の園に番人素つ気なく

冬瓜を置いて久しきわが厨

夫伴れてべつたら市の灯の中に

高原の桔梗の藍は露がおく

木枯の中に梅若塚泣けり

ゆれるともなしにこぼるる花八つ手
着ぶくれて母の祈りの長きこと

昭和四十八年

秀でたる星に祈れり初詣

水仙の三つ花あげ寒の入

のびやかに金魚動けり寒の明け

花二輪ほころぶ山の札所かな

西国三十三ケ所第二十番善峯寺

水草生ふここも埋立て進みつつ

春蘭の影うつしをり君の窓

唐門の礎石残せり草若葉

更衣髪のみだれもなかりけり

夏衣折目の跡もあざやかに

金魚玉見上げ日曜暮れにけり

大鱒の腹まざまざと焼かれをり

虎杖の花群ごしに湖の見ゆ

菅沼はどこまでも澄み雲の峰

菅沼に深呼吸して避暑終る

カンナ咲く無人の駅に降り立てる

やまのいも売る参道の賑やかさ

我が影を落として秋の水速し

闇汁のこんにやく下駄に仕立てたる

枯木またよき武蔵野の寺めぐり

冴ゆる夜の港の灯りきらめけり

少年の声高く澄むクリスマス

マリア像ほのかに白し聖夜祭

蜜柑

昭和四十九年〜五十二年

昭和四十九年

堂ひさし黒々と浮くお水取

若狭より続く井戸とぞお水取

控室の父母みな小声大試験

花の上に古き塔あり本門寺

築地松緑にもゆる出雲かな

神仏習合武州竹寺竹の秋

新樹もゆザビエル堂の色ガラス

甚平を着て手相見の長きひげ

青葉して五重塔は古りにけり

白鉄線大きく開く末寺かな

今年竹ふれあふ音も竹の寺

涼しさは旧東海道杉並木

鶏頭の丈みな短か海の町

小暗さの仏師の家居柿紅葉

見晴るかす鎌倉山のうす紅葉

ねむたげなお顔の羅漢小春かな

暦売り耳かきなどもならべ売る

闇汁の舌にとろけて大根なる

大川に波だち都鳥白し

落暉いま眠れる山をきはだたす

昭和五十年

鰹塚古りぬ佃の小正月

雪大文字木屋町上る旅の窓

白梅の霞のごとく広ごれり

屋根がへに村中総出大藁家

筑波嶺の裾にとけこむ植田かな

相馬二万石はるかに続く植田かな

秋出水流るる牛の無表情

露けしや小督の塚を遠拝み

時雨くる人形塚に古雛

鵯なきて行人坂の暮早し

冬木立ポックリ寺に老い集ひ

ゆく年や後ろ姿の母老いて

昭和五十一年

あらたまの陽のおだやかに師の家居

坂の道下りて曲つて冬の月

御手洗の龍口水のつららかな

初午や野菜きれいに洗ひあげ

火の見やぐらの脚に梅林案内図

花びらの渦巻く城の大手門

新樹もゆ北條五代の墓古りて

最上川船唄ひびく青嶺かな

白糸の滝の不動を遠拝み

猫越峠の恋物語蟬時雨

藤の実や悲しきときは道化るなり

秋めくや野仏の顔和やかに

芒はや穂に出で峠の休み茶屋

秋風の肌を過ぎる山の宿

残暑なほ仁右衛門島の岩の肌

弁財天へ詣でる道や白粉花

鰯雲千年杉の生き生きと

一筋の光の道や月のぼる

濃く淹れし朝のコーヒー野分過ぐ

新蕎麦や紺ののれんの匂ふ中

月明に能楽堂の大瓦

柿たわわ化野の辻曲りけり

柿生けし手桶を置きて京の宿

尼寺の障子の白さ潔し

祇王寺の紅葉映りし障子かな

昌子を想う

野菊咲く水の清滝のぼりしか

御寺ただ桜紅葉の静寂かな

山茶花の散りしくときを逝きにけり

山茶花の散りつぐ道の静寂かな

柊の花のひそかに薫りたつ

昭和五十二年

緋桜に誘はれて来し吉祥寺

梅の香のやがて見えくる梅林

野菫の白き小鉢をいとほしむ

芽柳の下で弁当分け合へり

春深し噴井の水の滾々と

華やかに咲きて海棠うれひあり

御供養の甘酒花の燭の下

花爛漫散りはじめては殊更に

水神の苔むす岩や梅雨最中

疎開せし山の駅過ぐ草いきれ

急行は止まらぬ駅や合歓の花

夏帽子半透明の影落とす

滝前に座れば秋意おのづから
蔦紅葉浅間おろしに鮮やかに

蜜柑むきて一人の旅の始まりぬ

駅の名に魅かれて降りて秋深む

物売りの次々と来て秋の旅

トンネルを抜けて紅葉の鮮やかに

大鯉の跳ねて紅葉のかげりゆく

谷紅葉見下ろし峠の力餅

紅葉山背に庄屋の太柱

前山は紅葉の山や温泉に浸る

散り紅葉石の狐のおどけ顔

水神の水湧けば寄る散り紅葉

初霜に淡々と照る日ざしかな

枯菊やかくも淋しき兵の墓

冬日和海に向きゐて墓くらし

吹きあぐる海風に耐へ野水仙

水仙のかをり漂ふ海の村

凌霄花

昭和五十三年〜五十四年

昭和五十三年

雪の山重なり合うて村小さし

国訛りやさしくひびく雪の里

旅立たす孫をたのみて雪の駅

蔵王

雪しんしんロッジの灯夢のごと

火の見櫓の向かう秩父の山眠る

春浅し少し風ある散髪あと

桜狩奥嵯峨野まで浮かれ来し

若芝や遠山にまだ雪のこる

春の蚊のまだ羽音なく止まりけり

花祭りに来合はす武蔵国分寺

楼内に枝さしのべし大桜

囀りや湧水の池風わたり

札所三十三番

柿若葉門前町に人気なし

卯の花の下に親子の昼餉かな

百日紅ほろほろ落ちて真昼なり

江戸囃子の風にのりくる夏座敷

涼やかな日傘の中の佳人かな

面伝ふ汗あり浄土への一歩

虫干しの大掛軸に鳥の影

大鉢に鷺草一輪僧の留守

凌霄花ばかりの寺の日暮かな

ほつとして何やら淋し夜の秋

街の灯を眺むることも夜の秋

故郷に似たり施餓鬼の鉦太鼓

君佇てば我も止まり萩の花

菊供養わが白菊は誰れが替ふ

よく見れば菊人形の造花なり

暮の秋明石町より佃島

虫塚や念仏寺の秋の暮

ひそやかに時雨降る音鐘の音

化野に鐘鳴り渡る散り紅葉

緩やかに舞ふ綿虫をあてどなく

昭和五十四年

雪解して地蔵の慈顔現はるる

冴返るドックに灯る異国船

白き猫抱きてこもれり春の風邪

ゆつくりと坂下りゆく春の宵

フリージア香る主の起居かな

涼風の嵯峨提灯をゆらし過ぐ

著莪白しこれより一丁滝の道

滝しぶき記念写真は若やぎて

古茶いれて母に甘えしまま五十路

若楓緑の光降らすなり

蚕豆をむく後ろ肩やつれゐし

雲の峰ダムに沈みし村碑あり

涼風や京よりの文よみ返す

鮎料理川風に旗はためかせ

このあたり屋敷町なり枇杷は実に
実梅もぎに来よと再度の便りあり

八幡の茂り浮き出る夕日かな

片蔭にいつもの靴屋鋲を打つ

夕顔の花みな閉ぢて旅終る

思川月見草のみ咲き乱れ

夏草や宿坊の跡地蔵佇つ

滴りの大岩なだれ鳳来寺

露伴忌や昔ながらの谷中町

車前草代官屋敷一番地

窓下に南瓜を育て益子町

梨の実や益子の里の大庄屋

初秋や大利根川の夕景色

流灯会江戸の名残の商家街

衣被昔語りを聞きながら

菩提寺へ道なりに咲き彼岸花

中空を睨む仁王の秋翳り

曼珠沙華寺門に続く堤かな

トロッコの大曲りして葛にふれ

山深き隠れ里なる岩桔梗

たたなはる紅葉の山の野天風呂

萬福寺月見煎茶会　四句

まん幕に茶事たけなはの良夜かな

コスモスの暮れのこりたる寺苑かな

月見茶事灯影に松の影ゆるる

琴の音もひびきて宇治の月見茶事

化粧井に紅葉浮かせて小野の里

枯菊や小町文塚裏鬼門

麩まんぢゆう心づくしの紅葉敷く

折れ口の白さ際だち牛蒡掘る

祖師堂へ落葉掃く僧眉若し

年の瀬の人波にただゆられゐる

朝霧

昭和五十五年～五十六年

昭和五十五年

女礼者まづは汁粉でもてなされ

満身にくれなゐさして初角力

夕空に雪の大文字浮かびたる
室咲の花の廻りに春の来し

浅草寺

仲見世を抜けて淡島針供養

暖かや目路にはるけき淡路島

流し雛離れがたきが岸に寄る

素つ気なき電話の声や春の雷

青空のいづこより舞ふ春の雪

病室の窓を横切る春の雪

清流にうすくれなゐの花の渦

光輪に春光うけて磨崖仏

朧夜に山の温泉宿の沈みゆく

ぼんぼりの遠目にしるき花の寺

苗売りの早口なりしよく売るる

雪解水集め忍野の水車かな

新樹光はじき大鯉泳ぎゐる

卯の花や降りみ降らずみ一と日暮れ

角田福枝さん逝く

葬列の友どちの老いさみだるる

金雀枝や友逝きてなほ明るうし

五月雨の早瀬とはなり神田川

芭蕉住みし頃の松とや五月晴

皐月富士正面に据ゑ馬場廻る

紅花見て奥のほそ道旅果つる

をとり鮎早瀬に力つきにけり

メロン盛るカットグラスの翳りかな

夏足袋の白さ際立つ庵主かな

青胡桃見れば師のこと思はるる

荒梅雨や宝前に鳩うずくまる

炎昼やハイビスカスが咲くばかり

山の虹その片端は海に消え

炎昼や人気なき浦魚干され

青嶺見わたす開山堂に顔揃へ

夏雲や蔵王山頂かいま見え

月見草灯りて山の宿暮れる

山百合や誰れやらに似し石地蔵

追分の宿場町なる青簾

大夕立神田川より大川へ

嗄れし声なほ張り上げて御輿もむ

無為に過ごす避暑地の茶房ピアノ鳴る

影ふみて下山の磴や夕かなかな

長廊下吹きくる風は秋の風

秋草をたわわに瓶に軽井沢

庚申の夜は寝ずとや星月夜

月見舟あの灯のあたり佃島

糸瓜忌や団子坂より大龍寺

甘露井てふ井戸多き寺藪茗荷

烏瓜一人詣でし戦没碑

朝霧や僧の現はれては消ゆる

霧の中鹿鳴く声の間近なり

秋晴や谷戸低く舞ふ鳶一羽

火炉祭（ふいごまつり）の熱き炎に清められ

初時雨信楽の里濡れ行けり

信楽焼の狸てらてら冬日和

近江路

御顔の里人に似し時雨仏

小夜時雨みな湖に向く仏たち

花まつり稚児の冠あみだなり

こもり居て己れと話す菜種梅雨

立葵手をとり合ひし道祖神

わがままは老いの証や走り梅雨

西陣

山鉾の路地いつぱいに軋みをり

法難の寺のしづかに杜若

いさぎよき白さ鷺草ひそと咲く

しなやかに踊る若者八尾の夜

虫の音やおわら盆唄哀しとも
しらしらと明け初めて来し風の盆

坂町を水かけくだる風の盆
ひと雨のしづけさの中踊り流す

月の出やしみじみと見る夫の顔

君の写真いつも笑顔や柿供ふ

何もかも老いのものぐさ九月尽

秋声や障子の陽ざし柔らかく

黄落や道説く僧の眉りりし

着ぶくれて車内放送耳ざはり

ヴィオロンの音は哀しき冬銀河

冬北斗こみあげるもの理由もなく

身ほとりに妣の気配や萩枯るる

歳末や耳かき売りは代がはり

天地（短歌）

いかるがの尼のつたへし手すさびの犬の張子は愛らしくあり

神々の心に触れて高原のお花畑を我も歩かん

カタカタといふ音もよし風もよし人気なき山リフトは進む

その昔工芸品に使はれし玉虫ゆかし京の街飛ぶ

同年の友の年忌のクラス会四十を過ぎしわびしさ語る

野鳥群るる千鳥ヶ淵の静かさに平和なる日々新たに思ふ

北風の身に沁む市に人まばら裸電球ゆれてわびしき

羽子板の市に並べる似顔みて三島がゐると若者笑へり

君の肌蠶のやうにすきとほり青葉の下を駆けよりてくる

寒風の外人墓地に人気なく街の灯長くにじみて流る

横浜の灯のなつかしくあてもなく車走らす外人墓地を

港街遠まはりして歩きなんたつた一つの思ひ出あれば

遠過ぎし若さかへらず佇みぬ船のあかりの見える丘べに

乗り手なきボートゆらげりゐもり池鳰の親子ののびやかにをり

輝きの秀でし星に子の幸を祈りつつ行く初詣の道

海苔舟の打捨てられし花見川にごれる水に揺れて動きぬ

山の温泉の広々とせし仰ぎ見る窓より蔦のはひずりてあり

川の音絶え間なくひびき山の宿に友の話の熱おびてきし

ものうげにロープウェイの音聞こえ花の広場に高原の風

初詣年に一度の親子連れてれ笑ひして闇に出でゆく

戦時中疎開

背に負ひし米の重みも語らひの楽しき内に山を越えゆく

山越えて配給米をとりにゆきし幼き頃の恋の思ひ出

疎開せし山の隠居所夜に入れば狐の鳴声しきりに聞こゆ

福島の三春の山よ野よ川よ戦時のわが束の間の青春よ

十代の愛か恋かはわからねど鼻つままれて夜半に目ざめぬ

いとこよりホラ貝贈られ

海鳴りの声するごとくひびくなり南の海の大いなる貝

はるばると南の国より届きたる貝の紅つややかにして

ほら貝に耳を当てればさざめきの海騒のごと海恋ふるごと

夢秘めて今なほ我に語りかくる天地のなせる貝殻の美し

アシカ哀れ潮騒ちかく聞きながら狭きプールに鳴声かはす

跋

「金子富子」この名前は、私が「嵯峨野」に入会して初めて俳誌をいただいた時に、一番最初に目に止まり覚えた名前です。俳句を始めて最初に、母と同じ名前に出会ったのです。母も時折短歌を作っていたのを知っておりましたので、これも何かの縁でしょうか。富子さんとお会いしたおかげで、私の俳句も三十五年続けられたように思います。ずっと即かず離れず、まるで親子のように、年に一度か二度の旅を御一緒したり、特に京都はよく行きました。

焼栗をバスに持ち込む京の秋

もっとも、京都はほとんど毎月行かれるほど富子さんのお好きな所ですが、それだけに偶に御一緒すると色々教えて下さり案内して戴けるので、心強い限りでした。三十五年前のあの頃から、人のお世話や句会のお世話に骨身を惜しまない方でした。「辰巳句会」を山本弦平氏の発案で始めてからは、あちらこちらのおいしいお菓子を、時には鎌倉の方まで足を伸ばして買いに行かれ、私達はそのお相伴にあずかるのを句会の楽しみにしておりました。

彼女は「食道楽」の会の一員で、俳句はそのお仲間の勧めによるものと伺いました。最初は短歌と俳句の両方を教わりながら、いつしか俳句のみになって、私達との付き合いになりました。とにかく多趣味な方で、旅やダンスを楽しまれ、長唄は今も舞台に上がられる。なんでもとことんやらなければ気がすまない彼女だとは思っておりましたが、この度句集を上梓されると伺って本当にびっくりいたしました。何故なら、長い間俳句に携わりながら、「嵯峨野」も「谺」もきちんと誌代を払いながら、一度も投句をしなかったのです。

もっとも私が「嵯峨野」に入会した頃は投句をされていて、だから名前が目に止まったわけです。しかし最愛の母上を亡くされてからは一度も投句をなさらずに、句会での作句とお世話に専念されておりました。厳しいお母様だったそうですが、母一人子一人で、早く亡くなられたお父様の分も愛情たっぷりに育てられた下町のお嬢様だったようです。

古茶いれて母に甘えしまま五十路

彼女にとっての俳句は全く欲の無い、人と人との繋がりを大切にするだけのもの、と誰もが思っておりました。この度の句集も、大切な子供さんやお孫さんに御自分のことを遺しておきたい、忘れずにいてほしい、それだけなのだ、とおっしゃる。卒寿の記念に……。

ＮＨＫの俳句カルチャーに通われて、若い人達とのお付き合いも良い刺激になって、彼女の自在な句境が表現された句集だと思いました。

若輩の私がおこがましく跋文を書かせていただくことになったのも、名前の御縁と、俳句を勧めてくださった方が桃木東瓦氏で同じだったことからでしょうか。村山古郷先生、東瓦氏、弦平氏、みんなあちらの世界に逝ってしまわれて、今、山本一歩主宰の「谺」で、相変わらず一度も投句をなさらぬままに自由気儘に俳句に遊んでおられる、心から私には羨ましい人生だと思います。

御主人を亡くされ、「カネコ企画」の看板を一人で守って来られて、途中色々御苦労も多かったと伺っておりますが、なんたってパワフルで、バイタリティーの塊のような富子さん、これからも愚痴の聞き役は引き受けますから御元気で長生きをして、子供さん、お孫さんに遺すものならぬ、生きて在ることの素晴らしさを伝えてほしいのです。

最 上 川 船 唄 ひ び く 青 嶺 か な

この度は、『青嶺』の御上梓本当におめでとうございます。

平成二十八年　吉日

堀江野茉莉

あとがき

九十歳を迎え、息子二人に私の両親のことを書き残しておきたい、と思いました。明治生れの両親は、それはそれは厳しくて優しい、さすが明治生れという人でした。そもそもそれが間違いで、両親の話は自叙伝にでもすれば良かったのですが、今となってはもう何をするにも遅すぎました。

句集も、先生方からお話があったときに、もう少し早く進めるべきでした。句歴は永いといえば永いのですが、途中で十年、十五年と一句も作句しない時期があります。ですが、今考えると家庭・子育て・会社の事務・お得意様回り・社長の送り迎えと忙しいときの方が、月に一度の句会を楽しんでいたように思います。

今の住居には私が十五歳の時、豊島区東長崎（今の要町）から移りました。昭和十九年十一月二十日に父が亡くなり、落ち着きのないまま翌年三月十日の大空襲を迎えました。焼け野原となった東京で、母も私も二か月ほど入院しました。

戦後、工場を始めるまでのしばらくの間は知人の医院に勤めました。そのお宅でダンスパーティーがありましたが、その頃はホームパーティーが多く、だいぶ経ってからですがダンスホールも出来たようです。

工場は当時東京に十三軒しかない特殊な鉄工所で、三メートルほどの大きなボイラーを製造していました。ですから十一月のふいご祭には必ず、ふいごの上に蜜柑と紅白のお餅を飾り、お休みを取ったことでした。

　最近、抽斗から出てきたので思い出しましたが、戦後はとにかく何でも免許制になるということで、工場が忙しかった従業員の代わりに私が筆記試験の勉強を引き受けたのです（実地も、指名されれば見せなければならないということで習いましたが）。昔のことですから、答案用紙を開いて置いていてもやかましく注意されることはなく、無事に全員が合格してほっとしたのでした。酸素溶接・電気溶接・銅の溶接といった資格のほか、危険物取扱者の国家資格も取得しました。

　初めての俳句の手ほどきは、高浜虚子先生の直弟子の浜田坡牛（本名・佐賀衛）先生です。先生とは伊豆の大滝温泉旅館で偶然一緒になり、七滝めぐりをご一緒し、名刺をいただきました。その出会いから二年ほど経って入会し、毎月浜離宮の句会に参加していましたが、しばらくは「二年も経って入会した」と話のタネにされたものです。

坡牛先生は大学の先生で、『最新万葉訓解論』など何冊も出されています。教え子が多くいらっしゃいましたので、句会には校長先生・両国高校の先生・大学の先生等々がお揃いでした。私など若手には親しく呼び捨てをされ、山中への吟行にはお年寄りの方々を車に乗せて行ったりもしました。ある年、夏季大会（二泊三日の吟行会）に子供二人を連れて参加したことがありましたが、二人とも一度でこりたようです。昭和三十五年頃で、とにかく安宿でしたから……。山野草がご専門の先生がいらっしゃいましたので、花や草や野鳥などについて学ぶことがたくさんありました。それに、女学校時代の山岳部の部長が動植物の先生でしたので、野草についてはその頃にだいぶ教えていただいたのが下地になっていると思います。

坡牛先生は「同じ詩の世界なのだから」と、必ず短歌二首と俳句二句を作るようにご指導なさいました。先生亡き後は時々、高橋和枝さんのお誘いで、金子兜太先生や長谷川浪々子先生、景山筍吉先生の句会でご教示いただく程度で、今はほとんど作句をしておりません。

その後、知人である桃木東瓦さんのお誘いを受け「嵯峨野」に入会しました。初めて京都の会に伺い、二代目主宰の高桑義生先生から は「江戸っ子が来た」と、四～五人で嵐山辺りをご案内していただいたのも良き思い出です。

三代目主宰の村山古郷先生のときに同人となり、辰巳句会の当番をするようお話がありました。どなたか先生をお願いできる方を、ということで山本弦平先生がおいでくださいました。私は月に一度、お菓子や野草を用意するのが楽しみで、「このお蔭で野草を覚えることができた」などと言ってくださる方がいる励みもあり、五十種類以上を植えたものです。今ではその四分の一も残っていないかと思います。当番は母が亡くなるまで、二十二年間続けました。

その後は二十年ほど休みましたが、五〜六年前からNHKの俳句カルチャー教室に入り、また楽しく句作りを始めました。普段はちっとも作りませんので席題ばかりの出句ですが、毎月一回、石田郷子先生にご指導いただいております。夫が亡くなって工場も止め、時間ができたので趣味もあれこれと手を出してみましたが、結局休みながらでも続けているのは俳句だけです（月一回だからかもしれません）。ここ十年ほどは記録もつけていませんでしたが、最近やっと選に入ったのは、

花だより何か浮かるる予報士も

（平成二十八年三月二十四日）

という句でした。

このたび、投句をしたことのない横着者の私の背を押してくださいました「𣷹」主宰の山本一歩先生に、厚く御礼申し上げます。ご

序文のほか、色々とご面倒をおかけいたしました。また「嵯峨野」でご一緒でした友人の堀江野茉莉さんに感謝申し上げます。やっと句集上梓まで漕ぎつけました。ありがとうございました。

考えてみると、何だかんだと言いながらも、細々ながら続いている俳句が楽しいのです。お教えをいただいた先生方は三人お亡くなりになりましたが、今は自分より若い先生のもと、気軽に楽しく学んでおります。

金子富子

平成二十八年三月吉日

著者略歴

金子富子（かねこ・とみこ）

大正14年　　文京区水道に生まれる
昭和16年　　江東区木場（現・東陽町）に移る
昭和35年頃　作句開始、濱田坡牛に師事
昭和53年頃　「嵯峨野」入会、高桑義生に師事
平成22年頃　「谺」入会、山本一歩に師事

現住所　〒135-0016
　　　　東京都江東区東陽5-29-25

句集　青嶺（あおね）

冴叢書第十三編
発　行　平成二十八年五月三日
著　者　金子富子
発行者　大山基利
発行所　株式会社　文學の森
〒一六九-〇〇七五
東京都新宿区高田馬場二-一-二　田島ビル八階
tel 03-5292-9188　fax 03-5292-9199
e-mail mori@bungak.com
ホームページ http://www.bungak.com
印刷・製本　竹田　登

ISBN978-4-86438-420-9　C0092
落丁・乱丁本はお取替えいたします。